임영모 인문예술 26시집

꽃이 된 어머니

한누리미디어

"시 속에는 세상 길 여행처럼 사는 길이 있다."

내가 시가 된다는 것은, 내가 생명을 느끼는 일이다.

기술과학으로 세상을 병들게 하는 이때, 아름다움은 어디서 찾을까?

사람으로 나서 한 번은 시처럼 살아가는 것은, 자연의 한 잎인 인간으로서의 이치를 따른 것이다.

돈과 권력을 따르는 것은 모래로 인생을 쌓은 것으로, 그 산은 파도에 밀려 부서지는 영원한 모래성일 뿐이다.

인생 최고의 아름다움을 정의했던 호라티우스 말대로 '시는 아름답기만 하기에는 모자란다' 라고 했을 뿐 아니라, '시는 예술 중의 여왕으로 감동과 아름다움을 생산하고 창조하는 우주다' 라고 말한 토모스 스프래트의 말을 깊이 새겨 보면, 시에는 시를 쓰는 그 순간만은 우주 만물이 내게로 오는 '물아일체, 물여일심' 되는 시간이니, 시인은 그런 감정과 상상의 세계를 충분히 느끼며, 어머니 품 안을 떠나지 않는 아기처럼 자연의 품속에서 산다.

그게 바로 시처럼 살아가는 인생 자연의 길이다.

시는 모든 인간 지식의 최초인 인간 지식의 글이 있고, 음악이

6

| 임영모 인문·예술 26시집

있고, 그림이 있고, 춤이 있고, 인생사 모든 희로애락이 숨 쉬고 있다.

그래서 공자는 시를 두고 '흥관군원'이라고 했다. '흥'은 사물을 통달하며 감정 감성으로 기쁨, 슬픔을 알게 되고, '관'은 보고, 듣고, 통찰하고 사유하며 판단하는 것으로, '군'은 사교하며 사랑하고 나누는 것이라. '원'은 비판하고 상상하고 창조하는 것이라고 했다.

정치하는 사람은 이 흥관군원을 실천적 철학으로 익혀야 나라와 백성이 편안하다고 했다. '인생은 짧고 예술은 길다' 함은, 자연처럼 아름답게 살아가면 '자연처럼 영원하다'는 것이요, 기술처럼 돈처럼 살면 '인생은 짧다'는 것이다.

인생을 행복하게 해야 할 '정치는 종합예술이다.' 그 종합예술을 하는 정치, 사람들이 지식과 이성과 기술공학적인 탐욕으로만 세상의 꿈을 이루려고 아우성이다.

'젊음은 짧고 노년은 길다.' 이제 초고령화시대를 살고 있다. 인생 갑자 60부터 다시 1살부터 다시 60년을 살아가는 세상이다.

나이가 들어 물리적으로 육체로 힘든 일은 할 수가 없는 노년 나이에 어떻게 살 것인가?

바로 시를 읽고 쓰고 언행하는 인문적인 삶을 살아가는 것이 초고령화시대에 시공간이 필요치 않는 세상 여행길의 주인이 되어 사계절 꽃처럼 아름답고 풍요로운 행복을 느끼며 살아갈 수 있다.

차례

8

9

차례

꽃이 된 어머니

꽃은 만고의 세월을 품고
땅에서 피어나지만
어머니의 꽃은 땅도 좁았는지
꿈 많은 내 가슴에서 피어납니다

어머니의 계절은
추운 겨울이라도 봄을 꿈꾸는 동백꽃처럼
내 인생 거울 앞에
꽃처럼 늙지 않은 붉은 얼굴로 비칩니다

어머니는 생명의 숨결이니
내 영혼은
어머니를 부르는 눈물꽃이 되어
남몰래 어둠을 뚫고 밤이슬처럼 내립니다

비바람에 젖고 흔들려도
꽃 같은 어머니의 생애
내 가슴에 어머니 꽃씨 하나 심어 놓으면
꽃이 된 어머니
꽃은 피고 져도 꽃이니
어머니의 영원한 세월입니다

희망 선택

옛날이 오면 좋을까
새날이 오면 좋을까
내 안에
세월 하나 있으면 좋겠다

1년 길의 흔적
12월의 눈송이로
다 지우고 싶다
거울 앞에 서도
보이지 않는
내 얼굴

세월에 묻는다

세월이 가도
나는 버릴 것도 새로울 것도 없다
그 좋은 젊음도 다 갔으니
무슨 미련이 있겠는가

어디에 무엇을 버리고
새것을 얻을라 욕심을 낼까
낙엽을 보면 모르겠는가

세월에 하나만 부탁한다면
이제 좀 남은 세월
내 삶 내 맘대로 살게 놔뒀으면 좋겠다

아름다운 세상에 사람으로 왔다가
돈 벌고 벼슬하려고 짐승처럼 살지 말고
시나 소설이나 쓰고 그림이나 그리며
바람이 부는 곳에 내 노래가 숨 쉴 수 있도록

14

세월과 인생

하루하루 해와 달이
뜨고 지는 반복 속에
하루하루 돈 몇 푼
지갑 속을 들락날락거린다
그게 인생이니 밤이슬처럼 숨어 운다
그 사이 세월은 인생을 데리고
어디로 가는지 알려주지 않고 어디로만 간다
벙어리 세월 앞에 통할 사람 없으니
모두가 벙어리일 수밖에 없다
고물상에 고장 난 시계는 널려 있는데
고장 없는 세월 따라가는 내 몸뚱아리는
왜 자꾸 고장이 나는 걸까
세월 따라 가려면 아프지나 말든지

꽃이 된 어머니

지리산 해와 달

그님과 내가 닮았을 때
지리산이 불러준 대로 시를 쓸 때다

사랑 품은 지리산
연인의 자리를 내 준 그 시간의 고향
눈 쌓인 겨울 산이 되어
그 하얀 가슴에 세월을 그리고 싶다

병풍처럼 둘러있는 지리산 사락에
낮엔 산 위에 햇살의 눈빛을 쏟고
밤엔 구름 위에 달빛의 미소로
그대와 나를 닮아 그려주던 해와 달
지금은 누구를 그려주고 있을까

16

삶의 그날까지

등에는 무거운 삶의 짐이 지어져 있고
가슴에는 무서운 삶이 안겨 있다

생명은 앞만 보고 간다
등짝이 무거워도
가슴이 무서워도
내가 힘든지 말든지
내가 볼 수 없는 공중 속으로
눈앞에서는 보일 듯 말 듯
새털처럼 날아간다

삶의 짐을 등에 지고 가슴에 안고
산을 지고 땅을 안고
바다를 건너는 그날이 올까

꽃이 된 어머니

돌탑

스님의 목탁소리
절간 돌탑에 떨어진 빗방울처럼
마당을 맴돌고
부처의 향기인가
중생의 번뇌인가
산사의 푸른 솔바람 풍경을 울린다

들리는 사람마다
그 소리 다를 것이니
내가 온 곳 알 수 없고
네가 간 곳 알 수가 있겠는가

목탁소리 풍경소리
허공에서 무엇을 남기고
무엇을 찾을까

목탁소리 울리고
풍경소리 울리지만
돌탑에 떨어지는 빗방울
부처 가슴인 양 흙이 품는다

어머니의 봄

봄이 따뜻해서 꽃피었을까
꽃이 예뻐서 봄이 품었을까
봄은 꽃을 기다린 어머니의 그리움
꽃은 봄을 만나는 생명의 사랑이니
나는 꽃향기 품은 봄 안에 산다

겨울은 꿈이다

봄은 꽃 잔칫날만 기다리고
겨울은 작은 풀꽃 하나라도
차별하지 않고
때가 되면
피어나도록 꿈을 키워준다
인생도
긴 겨울밤이 없으면
어찌 봄날이 오겠는가

어머니 12월

12월 일 년 중 크다
가기 싫은 12월
보내기 싫은 12월
길고도 짧다
사랑의 달이다
어머니와 만나고 헤어지는
시간과 같다

12월 인생

12월이 되면 생명이 있는
모든 자연은 제 옷을 다 벗어 버린다

사람만이 옷을 버리지 않고 챙겨 입는다
챙기는 사람은 사람처럼 살다 죽고
버리는 사람은 자연처럼 산다

그 12월 얼마나
더 만날 수 있는지
12월 마음으로 살아야겠다
눈을 밝게 뜨니 앞이 보인다

사람의 고향

내가 세상에 태어나는 순간을 몰랐던 것처럼
내가 세상을 떠날 때도 그 순간을 모른다
내가 사람으로 눈 뜨고 탄생한 기쁨을 몰랐던 것처럼
내가 사람으로 눈 감고 죽는 무서움을 모른다

돈으로 살다 돈으로 죽는 사람은
돈이 나무로 만든 것이니
죽어서 흙이 되고
사람이 사랑으로 살다 돌아간 것은
사람은 죽는 게 아니라
사람의 원래 고향으로 돌아간 것이
꽃으로 피었다가 꽃으로 지는 것으로

그 꽃 때가 되면
다시 피어나지 않더냐

꽃이 된 어머니

어머니 손수건

가로수도 잠든 오늘 밤에
나 홀로 길가에 서서 어머니가 보고 싶어 울었습니다
함박눈이 하얀 손수건 펼쳐 내 눈을 감싸줍니다

내 눈물을 닦아 준 하얀 손수건 어머니의 향기가 납니다
어머니 눈은 뜨셨는지요
"우리 아들 꽃잎같이 고운 마음 풀잎처럼 어린 마음
아들이 늙어도 어린 그 마음 변함없구나"

눈 소리에 어머니의 목소리가 들립니다
어머니 몸이 아픕니다
겨울처럼 아픕니다
인생 희로애락 겨울처럼 참고 견디면
어머니와 살던 어린 시절은 안 올지라도
그 봄날에 어머니 향기 찾아 꽃처럼 만나겠습니다

24

동지 팥죽 불꽃

긴 밤의 붉은 사랑 어머니 가슴이 사는 우리 부엌 화산지대
팥죽이 불꽃 밭을 이룰 준비를 한다
새하얀 새알 앞서거니 뒤서거니
어머니 손짓 따라 퐁당 퐁당 뛰어들어간다

뽀글뽀글 뽀글뽀글
금방이라도 솥을 뛰쳐나올 것 같은 용틀임
달콤한 사랑의 아우성 팥죽의 불꽃의 노래

어머니 동짓날
첫눈이 펑펑 내리는 동짓날
마음은 이미 고향 집에 달려가
포근한 어머님 품에 흰 눈처럼 안긴다

깊은 밤 참새처럼 지저귀며
구들목의 이불 속에 나 형아 누나 앉은 자리
이쪽 저쪽 새집을 짓던 다리 모양이 이야기 그림처럼 보인다

천지신명님께 조상님에게 빌고 또 빌던 어머니
꽃피어 낼 그 소원
봄을 기다리는 마음
동지 죽은 그 부엌을 떠났지만
그날 동지팥죽처럼 뜨거운 어머니 사랑까지 사라졌을까

겨울은 어머니다

꽁꽁 언 겨울 땅 메마른 나무
찬바람 눈보라 맞으며
얼마나 추울까
햇빛 한 줄기
내려앉을 데 없는 가냘픈 맨 몸이다

꽃이 겨울을 견디는 게 아니라
겨울이 꽃 꿈을 이뤄 주려고
참고 견디고 있는 것이다

나를 키워 준
우리 어머니 일생 같다

26

가을 인생

가을 하늘에 흘러가는 흰 구름을 보면
나는 가을 하늘처럼 마음이 편안하다

흰 구름은 하늘에 살고
나는 땅에 살지만
내 영혼은 어느새 흰 구름 한 점이 되어
하늘을 흘러가고 있다

시를 쓰면 '물아일체'
우주만물과 한 몸이 된 나는 행복하다
인생 삶은 흰 구름처럼 흘러가고 사라지는데
가을 마음 시로 그리면
하늘 위에 보지 못한 천국
무엇이 부럽고
무엇이 욕심이겠는가

꿈

두 개의 세상
하나는 낮
또 하나는 밤
사람의 현실과 꿈은
8자를 거울 앞에서 거꾸로 보거나
뒤집어 보는 것과 같다
해와 달과 산이 물에 비치는 모습처럼
자연의 한 조각인 사람의 꿈이거늘
눈엔 보여도 손으로 잡을 수 없는 구름처럼

28

가을 고해성사

단풍나무 무슨 근심 걱정이 있을까
넓고 높은 큰 산 품 안에서
무슨 색깔로 물들일까
단풍은 꿈만 꾸면 되는 걸
어머니 품 안에서 세상 모르고 살던
나 어린 시절 같아 보여
산에 사는 나무가 가장 부럽다
눈부신 삶의 여정 산을 보고 울었다
어머니 품 안으로 새롭게 돌아가고 싶은
인생 고해성사

추분 사랑

여름 내내 푸른빛으로 마음을 씻은 코스모스
분홍빛 빨강빛 하얀빛
울긋불긋 얼굴을 한들거리며
더 예뻐지려고 대낮의 햇살을 유혹한다

사방을 두리번거린 눈부신 햇살
고추잠자리 따라 맴돌더니
메마른 나뭇가지에 허수아비 머리 위에도 내려앉는다
가을 추분 햇살은 모든 유무생물에도 참으로 공평하다
그래서 하늘과 땅을 내려 오가며 사는 불멸인가 보다

낮과 밤의 길이가 똑같은 추분
사람의 사랑도 똑같을까
오곡백과가 익어간다
사람의 사랑도 익어갈까
자연을 닮은 사람으로 살았으면 좋겠다

30

자연과 인간

자연 사물은 늙어가는 것이 아니라 익어간다
세상 사람은
익어가는 것이 아니라 나이 먹어간다
사람들은 자연의 오곡백과처럼 익어가기를 소원하지만
자연처럼 익고 나면 마음을 비우는 게 아니라
끝도 갓도 없는 욕심을 채워간다
인간을 자연처럼 익어가며 살게 하면
세상은 썩은 냄새로 진동할 것이다
그 속에 벌레만 살 것이니
지금도 벌레가 많은데

단풍의 꿈

단풍의 꿈
공중에서 떨어진 게 아니다
완성된 꿈을 찾아
낙엽 되어 날아가는 것이다
하늘을 날아가는
소망의 그 시간
바람은 알고 있다
가을 햇살은 단풍의 꿈을 물들게 했고
가을바람은 단풍의 날개가 되었다
사람은 무슨 꿈을 위해
단풍처럼 피었다가
낙엽 되어 날아갈까

고향의 들꽃아

귀향로방영소화歸鄉路傍迎笑花
꿈속에도 찾아갔던 고향길
옛날에 같이 놀던 들꽃들아
지금도 그날의 내 웃음 잃지 않고
똑같은 색깔로 웃고 있구나
그날을 찾아온 세월
길가에 나와 마중 나온 들꽃의 몸짓
들꽃도 설레고 나도 설레고
운동회 때 만국기처럼 손짓하니
무엇이 더 기쁠까
무엇이 더 행복일까
땅과 하늘 바람과 물 햇살과 구름까지
서울에서 치열하게 살다가
선물 없이 맨손으로 돌아온
인정 없는 나를 떡고물처럼 골고루 만져준다
한평생 꽃병에 꽂꽂이 된 꽃처럼 사는 게
아름다운 삶인 줄 알았던 나를
한평생 그렇게 조화된 꽃처럼 나를
한평생 배달된 꽃처럼 살았던 나를

33

숨 쉬는 사랑

청죽홍매잔설리 靑竹紅梅殘雪裏
푸르게 물든 몸을
잔설 속에 뿌리를 내리고
꽁꽁 언 발 햇살 한 줄기
님의 사랑처럼 비춰주네

잔설 속의
푸른 대나무와 붉은 매화
사랑의 지조를 아는 사람이라면
푸른 청죽 같은 마음과
붉은 매화의 얼굴
눈보라 치는 엄동설한을 이겨낸
우리는 언제나
숨 쉬는 사랑의 자리 품은
님이여 나는 청죽이니
당신은 홍매가 아닌가

세월이 묻는다

만춘낙가세晚春洛伽歲 인욕사소견人慾寺所見

꽃이 지는
늦은 세월 날
나비 한 마리 웃는가 우는가
꿀벌은 날아가고 없는데
자리만 탐내는 사람들 웅성거린다
초겨울까지 사람 피를 빼는 모기소리처럼

그 홍시 사랑

잘 익은 붉은 홍시
비바람을 품고
햇살을 안고
세월을 그린다
가지마다 주렁주렁 열린 홍시
어머니 그 사랑보다 붉은 사랑 있을까
어머니 그 사랑보다 달콤한 사랑 있을까
어머니 얼굴에 세월이 써 준
그 홍시 사랑

36

세월길 소리

병화일치하세월餠花一致何歲月
떡이 좋다는 소리 천둥 소리
돈이 좋다는 소리 벼락 떨어지는 소리
꽃이 좋다는 소리 나비 소리
사랑이 좋다는 소리 벌 소리
사람이 좋다는 소리 꿈꾸는 소리
숨 쉬는 꽃이 웃는다
숨 쉬는 사랑이 부른다
숨 쉬는 사람이 말한다
먹이만 좇는 짐승
돈만 아는 졸부
거친 발걸음 소리에
온 산천을 적시며 밤이슬이 운다

꽃이 된 어머니

눈과 나

눈보다 더 많은 행렬은 없다
눈보다 더 하얀 춤은 없다
눈 소리는 방안에 이불 뒤집어 쓰고
누워 있는 나를 밖으로 불러냈다
옛날에 "영모야 놀자" 불러내던
친구들의 목소리는 들을 수 없지만
눈소리는 옛날이나 지금이나 똑같은
동심의 목소리로 나를 불러낸다
하지만 내 몸은 옛날처럼
눈이 부르는 대로 뛰어 나갈 수 없는
세월이 무겁게 살고 있다
늙지 않는 눈이 부럽다
하얀 몸도 하얀 마음도 변하지 않고
오늘도 세상에 내려온 눈이 정말 부럽다
올 대설부터 하얀 눈
너를 옛날처럼 다시 만나
살아온 내 나이만큼 한 해 한 해
눈사람을 만들어
사랑의 마음을 그려놓고
행복하게 살고 싶다

하얀 눈 사랑

눈은 어디서 살다 왔길래
눈은 부모가 누구길래
몸도 마음도 하얄까
하얀 색 사랑의 힘으로
진실이 거짓을 이긴 것처럼
하얀 눈은 까만 세상을 하얗게 만들어 버린다
세상에 보기 싫은 까만 흔적들
하얀 함박눈으로 덮어버리면 좋겠다
검은 그 사람들

꽃이 된 어머니

사람으로

천은만상도시불감심인화신허 <ruby>天恩萬象都是不感心人花身虛</ruby>

하늘의 해와 달을 주고
땅에 꽃과 나무를 주어도
욕심인지 소망인지
천지보다 큰 인간의 마음을 다 채울 수가 없구나
꽃이 아름답다 하면서
꽃을 닮아 살지 않고
돈이 더럽다 하면서
돈을 닮아 사는 사람은
세상에서 가장 아름다운 꽃을 닮아 살지도 못하면서
하늘에서 빛나는 별을 따서 살려고 한다
하늘에 오르면 꽃보다 흔한 별을 보고
여우처럼 울부짖는다
사람으로 나서 세상만사 희로애락을
자연처럼 시처럼 살지는 못하면서

세월의 꽃 마음의 꽃

백두상견상간몽화춘白頭相見相看夢花春
마음은 동심의 꽃동산이
눈앞에서 노는데
어린 시절 담장 밑에서
올려보던 키 작은 채송화
어느 날 내 마음에 앉아
바쁜 삶에 가려져 잊고 살았던
그날의 이야기를 들려주는데
눈처럼 쌓인 내 흰머리
세월도 쉬어가고 싶은지
바람 한 점 붙잡고
세월의 꽃 마음의 꽃
옛날의 꿈을 꾸는구나
봄을 맞을 겨울처럼

사람의 길

"노각인생 만사비심 미무생사"라 했거늘
아름다움이 없는 인생은 피워보지 못한 꽃이 밤중을 만난다

사람은 나무껍질처럼 늙어가기를 싫어하고
과실처럼 달콤하게 익어가기를 소원한다
땡볕도 피하고 비바람도 피하고 무서리도 피하며 살았으면서
사람은 노을처럼 물들어 가기를 소망한다
먹구름처럼 천둥 번개처럼 가시처럼 살아왔으면서
과실처럼 익어가고 노을처럼 물들어 가려면 시처럼 살아야 한다
먹이만 찾는 짐승처럼 욕심으로 살면
물에 빠진 낙엽처럼 길을 잃고 쓸쓸히 늙어간다

42

꽃에게 배운다

젊어서 밝은 눈으로 보지 못한 세상
늙어서 희미한 눈으로 보인다
등잔 밑에 놓인 인생인 것을

인생이란 세월은 잡을 수 없어도
내 시간 정도는 잡아 놓고
삶을 뜨겁게 깨우치며 살아야 한다는 것을

추운 겨울을 통해
내 삶을 사랑하는 법을 배웠다
겨울에는 꽃처럼 봄을 기다리지 말고
겨울을 꿈꾸며 이겨내야 한다는 것을

백 년도 못 사는 사람은 봄을 기다리지만
영원히 웃고 사는 꽃은 봄을 꿈꾼다는 것을

삶이란 동사나 명사가 아니라 감탄사나 창조사로
겨울 속에 다른 선택을 하는 사람을 보며
봄을 꿈꾸는 꽃에게 배운다

꽃이 된 어머니

부부의 사랑

아무리 작은 별도 세상을 향해 반짝이고
아무리 작은 꽃도 세상을 향해 피어나리

하늘의 수많은 별 속에
또 하나의 내 별이 생겼다
땅의 수많은 꽃 속에
또 하나의 내 꽃이 생겼다
나 하나의 별이 가정의 은하수가 되고
나 하나의 꽃이 가족의 꽃밭을 이루리라

아내는 별을 다 셀 때까지 남편을 사랑하며 살고
남편은 꽃을 다 셀 때까지 아내를 사랑하려니
얼마나 많은 세월이 흘러야 다 셀 수 있을까
그때 우리의 나이는 몇 살이나 될까

부부란 가까이 보면 볼수록 꽃보다 예쁘고
자세히 보면 볼수록 보석보다 빛나고
오래오래 볼수록 별보다 빛난다
그게 부부의 사랑이거니

겨울나무야

한 걸음 한 걸음 하루하루 한 달
한 달 24절기 12달 사계절
1초 1초보다 빠르게 살아온 365일인데
며칠 남은 달력 앞에
뭐가 그리 아쉬운지
붉은 장미꽃 입을 벌리고
부귀영화를 생각하는 사람들이 득실거리는 세상
꽁꽁 언 엄동 땅에 찬바람 씽씽 부는 길가에서
그 많은 들풀도 그 많은 들꽃도 흔적 없는데
머리에 인 것도 없고
손에 쥔 것도 없고 몸에 품은 것도 없이
그 자리를 지킨 나무 앞에
내 삶의 일 년을 반성한다
그 무성한 잎새도 떨어지고
그 즐거웠던 새들의 노래도 다 떠나갔는데도
나무는 나무는 땅 속에서도 풀씨 꽃씨에 양보했나
발을 반쯤 내놓고
메마른 몸뚱이로
세상을 지키는 겨울나무 앞에
내 인생 두꺼운 옷을 벗는다

45

2023년 시처럼

나무가 있는 숲에는
메아리와 새가 사이좋게 노래하고
꽃이 피는 꽃밭에는
벌 나비 나란히 날아들고
겨울을 이기는 봄날의 꿈으로
일 년 365일
4계절 12달 24절기
꿈의 시간들
비에 젖어도 웃는 들꽃처럼
바람에 흔들려도 꺾이지 않는 들풀처럼
돈처럼 권력처럼 살지 않고
자연처럼 시처럼 사는 날
인생의 영원한 세월이 된다

46

내 마음에 토끼가 논다

하늘엔 별이 뜨고
땅엔 꽃이 피고
세상엔 세월이 가고
인간엔 마음이 있으니
'일체유심조'라
'인간만사'가 마음에서 일어나니
우주보다 큰 내 마음은
처음으로 하늘을 날아가는 새처럼
처음으로 피어나는 꽃처럼
새벽에 옹달샘 이슬 물 먹고 간
토끼의 새날에는
낮에는 햇빛이 나의 작은 꽃이 다 피어날 때까지
밤에는 달빛이 나의 작은 별빛이 다 뜰 때까지
내 마음에 토끼가 뛰어놀면 됐지
무슨 부귀영화를 더 바라겠어

인생 노을빛 사랑

노을빛을 그리며
서산 달님의 고운 품에 누워 있다
얼마나 세상을 뜨겁게 사랑했으면
끝까지 노을빛으로
추상화 꿈을 꾸는 청춘이 되어
이별의 시간도 꽃을 피우는
노을빛을 걸어 놓고 살면
어찌 인생이 늙어간다 하겠는가
세월과 인생의 노래
사람들은 소망하던 꿈의 성취가
아직도 저만치 있다며
아쉬움이 매서운 겨울바람 속에
깨진 얼음처럼 아프다
봄꽃도 여름꽃도 가을꽃도
다 지지 않고 가졌어야 하는데
흔적 없이 지고 만 꽃들이 원망스러울까
이 겨울에 동백꽃은
저렇게 붉게 피고 있는데

48

옛날 '설'이 돌아왔다

동지섣달이 가고 정월 초하루 '설'이다
한 번 흘러가면 다시 돌아오지 않는
물같이 흘러간 세월 내 인생 83번째 '설'이다

꽃잎에 이슬처럼 우물에 샘물처럼
골목에 고랑물처럼
논밭에 시냇물처럼
굽이굽이 흘러 들을 지나 산을 돌아
바람처럼 고개 넘어 강물같이 흘러간
내 인생 나이 바다로 들어갈까 하늘로 올라갈까

두 갈래 길에서 서성이던 시간 앞에
다시 이슬이 되어 꽃잎에 내리 나며
시가 개나리 손처럼 내밀며
이정표 지팡이 같은 연필을 손에 쥐어준다

시로 그림도 그리고
시로 노래도 부르고
시로 세월 인생 공부를 하니
설날에 색동옷이 동심을 부르며 춤을 춘다

설날처럼 살련다

귀가 가렵다
설날이 오니
바람보다 먼저
'설' 소리가 들린다
눈이 밝아진다
설날이 되니 그리운 사람마다
거울처럼 훤히 보인다
입 달린 사람마다 꽃처럼 웃는다
옛날에는 그랬던 설날이다
언제나 설날은 그 날짜에 살고 있지만
인생은 설날보다 더 좋은 세상을 찾아가는지
세월 따라 늙어간다
욕심 소망 투성인 인생이
부리지 않는 건 나이뿐인데
그 소원 하나 못 들어줄까
이 땅에서 설날처럼 살 수 있도록

50

봄이 되고 꽃이 되고

내 가슴은 봄날을 연다
네 얼굴로 봄꽃을 피워라
봄을 만날 꽃처럼
꽃을 만날 봄처럼
늙지 않는 자연으로
늙지 않는 세월로
내 그리움
내 사랑

꽃도 사람도

꽁꽁 언 겨울 가슴 속에서
아무렇게나 피어나는 꽃이 어디 있을까
밤이슬 비바람 맞으며
마지못해 사는 꽃이 어디 있을까
큰 꽃도 작은 꽃도 산에 핀 꽃도 들에 핀 꽃도
돌에 핀 꽃도 흙에 핀 꽃도
'철' 과 '때' 가 있는 것처럼
꽃보다 아름다운 사람의 삶도 그러하지 않을까
큰 꽃이라고 예쁘고
작은 꽃이라고 더 밉던가

같은 색깔 다른 사랑

붉은 동백꽃은
찬바람을 모아서 피어나고
붉은 장미꽃은
따뜻한 햇살을 모아서 피어난다
똑같은 붉은 색깔이지만
서로 다른 것을 모아 피어나는데
동백꽃이 아름다울까
장미꽃이 더 예쁠까
사랑을 모아 피어나야 할 사람의 꽃은
누구를 닮아 피어나야 하나
사랑은 오래 참는 것이라면
추운 겨울을 참고 붉게 핀 동백꽃일까
사랑은 따뜻함이라면
봄날에 피어난 장미꽃일까

꽃이 된 어머니

세상길 위에 삶

겨울이 온 세상에 눈보라 찬바람으로 말했다
나 홀로 추운 삶의 길은 없다고
봄이 온 세상에 따뜻한 햇살 웃는 꽃으로 말한다
나 홀로 따뜻한 삶의 길은 없다고
누가 못났는가
누가 잘났는가
행불을 말하지 마라
너도 나도 겨울 속에
나도 너도 봄 속에 살지 않는가
하늘 길이 누구에게도 차별을 하지 않는 것처럼
세상길도 그러하지 않겠는가
사람아 하늘 갈 때 뭘 가져갈까
소원한 적 있는가

꽃 피워 낸 봄 땅

꽃 피워 낸 봄 땅처럼
봄을 만난 봄꽃처럼
꽁꽁 언 겨울을 녹아내어
꽃 꿈을 꾸게 한 봄 땅
꽃씨는 봄 땅을 믿고
조금만 더 참으면
세상에서 가장 사랑받는
꽃으로 피어나는 꿈을 꾸었다
그 얼굴이 햇살 사이로 보인다
그 향기가 바람 속으로 들려온다
누가 더 사랑이고
누가 더 그리움이었을까
봄 땅과 봄꽃의 만남 같은
꿈과 희망을 가진 삶이었으면

생의 길에서

눈길 발길 닿는 곳마다 꽃이다 꽃
눈길 발길 닿는 곳마다 사람이다 사람
아무리 아름다운 꽃이라지만 꽃은 말이 없고
아무리 만물의 영장이라지만
사람의 욕심은 하늘보다 높다
꽃은 벌 나비만 상대하고
사람은 돈 권력만 상대하니
세상길 빨리빨리 달리는 자동차 인생
하늘 길은 어느 속도로 가고 싶을까
내 자동차는 연식이 오래되어
가속도 못하고 고장도 자주 나고
돈이 없어 주유도 제때 못하니
이러다가 언제나 하늘 길 오를까 싶다

봄빛의 길

겨울이 한 사람에게만 춥게 하지 않는 것처럼
봄날도 예쁜 꽃에게만 햇볕을 주지 않습니다
나무에도 풀에도 자연의 모든 생명에게 차별 없이 비쳐줍니다
자연의 한 조각인 인생의 삶도 자세히 보면 마찬가지입니다
나는 꽃보다 나무보다 풀보다 축복받은 사람이니까
때와 장소를 가리지 않고 땅 속까지 쏟아주는 햇볕은
꽃씨 풀씨까지 깨워주는 걸 보면
마음이 그늘진 사람에게는 어쩔 수가 없나 봅니다
그림자는 어디나 있으니까

꽃이 된 어머니

작은 꽃잎이 다 필 때까지

영원한 사랑을 찾는 산수유꽃
꽃샘바람이 봄 길을 가로막을 때
다른 꽃들은 얼어 죽을까
땅구멍으로 밖을 살필 때
봄날에 맨 일찍 피었다가
맨 나중에 지는 산수유꽃
작은 꽃잎이 다 필 때까지
기다려주기 때문에 오래 핀다
사람은 누구도 기다려 주지 않고 빨리빨리만 간다
지리산 구례산동 작은 산수유꽃이 다 필 때까지

꽃의 언어 시인의 노래

사람들은 매화꽃 산수유꽃 앞에서
예쁘다 곱다 아름답다
추상적인 말만 떠벌리며
여기서 사진 한 방 찍고 가자
꽃이 너무 예쁘다
그 꽃이 겨울 내내
얼마나 아팠는지
얼마나 참았는지
눈 속에 얼음 속에 꽁꽁 언 땅 속에 찬바람 속에
봄날의 얼굴로 피고자
매화꽃 산수유꽃이 기가 막히는지
말문을 닫는 이유다
언제나 네 편인 시인은
꽃의 언어인 네 마음 향기로 시를 짓는다

꽃의 말을 전한다

얼음을 녹이고 언 땅을 뚫고
눈길 닿고 발길 닿는 곳마다
봄날의 얼굴이 된 매화야 산수화야
너는 사람을 위해 폈느냐
봄을 위해 폈느냐

사람들은 너를 앞세워 사진 찍기 정신 없고
시인은 말 못한 네 사정
세상에 전하기 위해

발이 없고 입이 없는 네 언어로
봄바람으로 간다
꽃바람으로 간다

개구리 걷는 소리

귀 달린 사람
어디를 가나 땅의 맥박 소리가 들린다
눈 달린 사람
어디를 가나 개구리가 일어나는 소리
시냇물처럼 보인다
우수와 경칩과 춘분 사이
꽃보다 일찍
춘 삼월 개구리 첫 발 딛는 소리
자연의 길 절기를 모르고
돈만 아는 사람은
땅 위를 달리는
자동차 소리만 들릴 것이니
봄날에 꽃길보다 돈길이 좋을까

꽃이 묻는다 봄이 묻는다

꽃이 묻는다
사람아
꽃 피울 가슴이 있었는가
봄처럼

봄이 묻는다
사람아
꽃을 예뻐하면서
꽃을 닮지 않고 사는가
꽃처럼

세상이 묻는다
사람아
무슨 꽃을 피우며 살 건가
세월처럼

흙이 아닌
돈 위에는 꽃이 피지 않는데
그 꽃 짧은 인생날 언제 꽃 한 송이
피우며 살다 갈까

봄을 보라 꽃을 보라

봄과 꽃
누가 더 그리움이고
사랑이었을까
무슨 꿈이었으면
봄이 되고 꽃이 될까
사람들은 봄 같은 삶
꽃 같은 인생길을 걷고자 하지만
봄과 꽃처럼
돈과 잘 어울리는 사람은
사막의 꽃보다 힘들다
무조건
봄도 돈이고
꽃도 돈이니

4월의 시

4월은 꽃동네
사람들이 꽃에 안겨 사는 세상
눈길 발길 닿는 곳마다
산에도 들에도
당당하게 자리 잡고 활짝 웃고 있는 꽃
봄날에 손님이 아닌 주인이고
사람은 손님이 된 4월
오늘 봄길을 걸어봐요
오늘 꽃길을 걸어봐요
봄이 꽃을 피우듯
꽃이 봄의 얼굴이듯
서로 잘 어울리는
오늘 내 곁에 있는
아내 남편 자식 이웃들을 사랑해 봐요
이 봄이 가기 전에
이 꽃이 지기 전에

64

꽃의 노래

살아있는 생명엔 사랑이 있으니
하늘거리며 나풀나풀 공중을 무대 삼아
봄날의 향연을 벌이는 벚꽃의 몸짓이여

땅 위에 사랑의 잔치
벚꽃을 피워 낸 땅이여
얼마나 보람 있을까
땅이 설레는 가슴이
사람들 발걸음 소리처럼
아니 내 심장처럼 두근거린다

햇살은 더 머물다 가라
봄빛을 쏟아 붓고 있는데
바람은 빨리 가자
벚꽃을 데려가고 있는 시간
꽃아 봄아 나는 어쩔 거나
사람도 너처럼 살면
사람의 꽃이 될 수 있을까

꽃이 된 어머니 |

봄산 봄꽃이 되려니

내가 봄산이 되고
내가 봄꽃이 되고
내 마음은 산이요
내 얼굴은 꽃이니
산에 가야 범을 잡을 것인가
물에 가야 고래를 잡을 것인가
인간은 자연의 한 마음이요
마음에서 일어나고 사라지니
시처럼 영육을 닦으면
'물여일심'이라 '일체유심조'라
자연이 내게로 온다
봄소리가 들린다
사람아 사람아 사람아
무슨 꽃을 피우며 살거나
꽃은 욕심 속에 피지 않는데

사람의 얼굴

봄은 갔어도
산에도 들에도 봄은 갔어도
내 인생의 봄은 그대가 있는 한
사계절 봄이요
꽃잎이 졌어도
산에도 들에도 꽃잎은 졌어도
그대가 있는 한
사계절 꽃이요
어디 봄이 산들에만 있을까
어디 꽃이 봄에만 필까
여름 장미는 더 예쁘게 넝쿨째
사랑의 춤을 추고
가을 국화는 더 우아한 마음 모아
사랑을 품고
겨울 동백은 더 빨갛게
겨울을 태우는데

꽃이 된 어머니

산을 지킨 소나무

산은 푸른 옷을 입고 산다
소나무는 사계절 산에 옷을 입히는 어머니다
눈보라 머리를 감싸고 찬바람 온몸을 비벼댈 때
다른 나무들은 두 손발 다 들고
산을 지키는 나무이기를 포기했지만
소나무는 푸른 소나무는
끝끝내 이겨낸 꿈일까 사명일까
그 아픈 사연 나이테에 남모르게 감추고
사계절 청춘인 양 산을 지킨 소나무의 생애
어머니 삶과 너무 닮아
소나무를 보듬어 본다

그 작은 꽃을 봐

아무리 작은 꽃이라도
마지못해 피어나서
아무렇게나 살지 않고
비바람에 놀림 받고
몸부림친 생일지라도
웃고 살지 않더냐
작은 꽃이 다 피어날 때까지
편들어 주는 햇살이 있기 때문이야
너는 그 작은 꽃보다
더 예쁘게 피어날
봄날 같은 사람이 있잖아

꽃이 된 어머니

행복의 차이

빼곡하게 우거진 숲을 이룬 산
행복할 것이다
가득가득 서 있는 나무
숲속 사이로
비쳐주는 햇빛 달빛 별빛만큼

그 연인의 꽃

모든 꽃은
때가 되면 다 핀다
일찍 핀 꽃이라고 예쁜 꽃은 아니야
늦게 핀 장미꽃이 더 예쁜 걸 보면
일찍 핀 봄꽃보다
사람들이 가장 좋아하는
아름다운 사랑의 이름을 부르는 걸 보면
그 연인의 꽃이었으면

꽃옷을 입고 가신 엄마

구름도 울고 바람도 울던
우리 집 마당에
동네 사람들의 발걸음이 소나기 빗방울처럼 모였다

엄마 젖이 배고파 울어대는 갓난 아가
동네 사람들 얼굴마다 눈물이
초가지붕 빗물처럼 흘러내린다

"저 어린 아가를 두고 어디를 가나"
동네 사람들의 애통한 울음
"엄마가 저 아가 한 번 더 보고 가려나 봐요
상여가 한 발도 못 나가는 걸 보니
저 아가 엄마 손 한 번 잡게 해 줘요"
떨어지지 않는 엄마 상여 발걸음 앞에 세상이 멈춘다

예쁘고 고운 꽃 옷을 입은 엄마는
읍내 장에 가는 것이 아니라
아주 먼 길을 가시나 보다
집을 보고 또 큰절 하며
동네 사람들 눈물을 타고
망망대해 뜬 꽃처럼 사립문을 힘들게 빠져 나간다

"이제 가면 언제 오나 오실 날짜 일러 주오
북망산천 멀다더니 내 집이 북망일세
어노 어노 어이 가리 능차

너허 너허 너화 너 너이 가지 넘자 너화 너
에헤 에헤 에에 너화 넘자 너화 너
갓난 아가 젖을 두고 어이 가리 어노 넘자
갓난 아가 눈물 두고 너허 너허 너화 너 너이 가지 너화 너
이제 가면 언제 오나
장날처럼 해지기 전 집에 올까
어노 어노 어이 가나 어노 능차"

먹구름 속에서 비에 젖은 천둥
엄마 목소리처럼 울어대던 날

"아가를 홀로 두고 간 죄 많은 엄마
엄마가 하늘 가도 갚을 길이 있겠느냐
미안하다 잘못했다 엄마를 용서하지 마라
젖 한 모금 더 먹이지 못했던
엄마 가슴에 아가 얼굴을 품는다
아가야 아가야 엄마 없어도

꽃이 된 어머니 |

꽃처럼 피어나라 세월 꽃처럼 예쁘게 잘 피어나거라
엄마가 사랑의 꽃씨 하나 남기고 간다"

엄마가 예쁜 새 옷 입고
장에 가서 돌아오지 않는 그 날 이후로
엄마는 어디에 살고 있는지
어머니가 보고 싶어서 비바람처럼 울었다
한 번도 보지 못한 어머니 얼굴
세월 속에 피어나는 꽃들을 보며 물어보고 또 물었다
보고픈 어머니가 어떻게 어떻게 생겼는지

50년 만에 내 소원 풀어준 하늘
나를 닮은 하얀 나비 따라
눈물 속에 피어난 어머니의 사진 한 장
꽃에게 물었던 어머니 얼굴이었다

두 송이 꽃

꽃은 눈앞에서 보아야 예쁘지만
그대는 멀리서 생각만 해도 예쁘다
꽃은 가까이 보아도 사랑을 못 느끼지만
그대는 멀리 있어도 사랑을 느낀다
두 꽃송이의 차이다

따뜻한 네 눈을 바라보니
내 눈까지 따뜻해진다
예쁜 꽃을 바라보니
내 얼굴까지 예뻐진다
맑은 물을 바라보니
내 마음까지 맑아진다
봄 내가 좋다
꽃 네가 좋다

꽃이 된 어머니

풀꽃 이름

풀꽃아 네 이름 누가 지어줬니
네 이름은 부를수록
싱그럽게 살아나는 것 같아
나는 바람처럼
시도 때도 없이 덩달아 좋다
나도 네 이름처럼
아무나 좋아하는 이름 하나 새로 짓고 싶다
화려하지 않고 순수한 이름처럼

사람의 길 진리의 길

종교 진리가
천 갈래 만 갈래 찍어진
나만의 진리다
세상에서 가장 아름다운 꽃일지라도
비단 금은보석 위에 피지 않고
꽃은 흙 위에서만
꽃 피어나고
우주만물의 생명수인
물은 흘러 흘러 바다로 가는데
어찌하여 진리는
꽃과 물을 닮지 않은 걸 보니
꽃과 물을 좋아하면서
꽃을 닮아 살지 않고
물을 좋아하면서
물을 오염시키는
사람의 욕심과 똑같구나
어디서 무얼 배울까
어둠에 내 그림자 찾는
한밤중 세월만 간다

꽃이 된 어머니

마음 하나

봄꽃을 피웁니다
둘 다 당신입니다

봄을 보고
꽃을 보고
설렘입니다
둘 다 내 마음입니다

78

거리

겨울아
네가 더 추울수록
나는 더 좋다
그대 품 안에 더 가까이 다가갈 수 있으니

삶을 멀리 하면 세월이 무겁고
삶을 가깝게 하면 세월이 가볍다

반전

내 삶은
겨울처럼 추워도 봤고
여름처럼 더워도 봤고
봄처럼 따뜻해도 봤고
가을처럼 시원해도 봤다
내가 살아 있다는 존재다
기쁘면 어떻고 슬프면 또 어떠랴
해와 달이 몇 번 자리 바꾸면
꽃도 피고 별도 보는데
그것이 남의 것일까

다른 길

비가 오는
하늘 길
공중은 쉴 곳도 없다
기러기는 둥지를 찾아 날아간다
햇빛 나는 세상길
쉴 곳이 너무 많다
그러나 인간은 쉬지 않고 간다
그 끝이 어디인 줄 알면서

꽃의 생애

꽃의 시간
화무십일홍이라 한다
아무리 아름다운 꽃도 열흘만 피어난다
꽃의 연인
시인이 말했다
꽃의 하루는 사람의
100년이란다
꽃처럼 사랑받고 사는 사람이 있을까
백 년의 돌시간 열흘의 금시간
그래서 시간은 금이라 하는구나
어떻게 살 건지 그것이 문제로다

시처럼 사는 길

'마중지붕불부이직' 이라
흔한 쑥도 귀한 산삼 옆에 살면
산삼을 닮아가고
귀한 산삼도 쑥 옆에 살면
쑥처럼 되어버린다는 것이다
시가 묻는다
수명이 짧은 쑥처럼 살 것인가
수명이 긴 산삼처럼 살 것인가
인생은 짧고 예술은 길다 했으니
그래도 먹이만 찾는다면
짐승 벌레길 밖에 더 있겠는가
'인이면 인이냐 물애이냐 인이다' 했거늘
사람의 얼굴이라 해서 다 사람이 아니라
만물의 사랑이 있어야 사람이다
그게 시다

꽃씨 한 알

나에게 꽃 필
꽃씨 한 알 있을까
있다
다만
봄 같은 따뜻한 가슴이 없을 뿐이다

그 길 이 길

올라갈 때도 앞만 보고 오른 산
내려올 때도 앞만 보고 내려온다
산길이나 인생길이나

소통

물은 흘러야 생명이고
꽃은 웃어야 사랑이고
돈은 써야 행복하다
돈은 안 쓰면
고인 물처럼 썩은 것이다
떨어진 꽃잎을 웃고 있다고 하겠는가

사랑의 상대성

봄에 앉아
꽃 하나 보고 시 한 수 짓고
꽃 하나 보고 시 한 수 짓고
종류마다 색깔마다
온종일 꽃을 만나 연애를 해도
한쪽 들녘 논두렁 꽃밖에 못 만났다
사랑의 이야기는
끝이 없는 상대성 공간인가 보다

꽃이 된 어머니

삼월 걸음

새봄에는
발길이 닿는 곳마다
무심코 걷지 말고 살살 걸어가라
겨우내 꿈꾼 새싹들
갓난이 고운 살결
상처 날까 무섭다
겨울을 이기고 나온 새싹들이
세상의 햇볕 쬐며
홀로 설 수 있도록

나만의 길

수많은 삶의 길이 있다
흙길 물길 산길 들길
굽은 길 고갯길 바른 길
그 길은 아무나 가는 길이다
나만의 길을 걷는다
길의 시작은 마음에서
걸어 나와 마음에서 멈춘다
봄 꽃길 여름 나뭇길 가을 단풍길 겨울 눈길
내 마음에 겨울 눈길 하나 내놓고 살련다
봄으로 가는 꽃길로 가는

은혜가 병들면

마음은 몸에 살고 사랑은 가슴에 산다
나무는 산에 살고 꽃은 흙에 산다
흙이 병들면 꽃도 아프고
산이 병들면 나무도 아프고
마음이 병들면 몸도 아프고
사랑이 병들면 가슴도 아프고
돈에 노예 된 사람
주인이 아프니
돈이 병들면 몸도 마음도 슬프게 울겠지만
자연이 병들면 아파할 사람 어디 있을까
자연의 은혜를 모르고
같이 아파할 사람 어디 있을까
사람이 가는 길에

꿈은 움직이는 거야

사람아 사람아 이 겨울날 움직이지 않고
봄을 기다리면 안 돼
그러면 더 추워 얼어 죽은 꽃씨도 있어

봄에 다 꽃으로 피는 게 아니야
아장아장 아가처럼 걸음마 연습을 해 봐
한 걸음 한 걸음 움직이는 깊은 꿈을 꿔 봐
봄을 찾아 깨어나는 꽃처럼 말이야

이렇게 좋은 시를 써서 느끼고 깨우치게 해도
겨울을 벗어나는 연습이 없으면
봄이 와도 꽃이 안 핀 거야
'춘래불사춘' 이라 하잖아

겨울 메마른 몸에서 산고의 꿈 없이 그냥 시간이 가니까
예쁜 꽃으로 피었겠어 절대 그럴 리 없지

봄이 여기 있으니까 꽃의 얼굴로 새롭게 살아 봐
세상 사람들이 꽃을 보듯 좋아할 거야
사람들의 사랑이 되어 살아 봐
시인이 되어 알겠지

꽃이 된 어머니

꽃구경

사람들은 봄이 오면 꽃구경 간다
나는 돈 들이고 시간 들여서 꽃구경 안 간다
내 안에 지지 않는 꽃이 피어 있으니
언제나 인생의 봄날이다

사람들은 늙어가도
봄날 같은 인생을 꿈꾼다
내 인생은 네가 있으니
언제나 봄날에서 산다

너를 사랑한 후
떠나간 내 인생의 봄날은
다시 돌아왔으니 새 봄처럼

그 한 송이 꽃

산천은 많은 꽃이 피어야
꽃산을 이루며
풍경이 달라지지만
내 마음에는
단 한 송이 꽃이면
내 사랑이 달라진다
내 삶의 풍경도 달라진다
그 꽃 한 송이 그대가 아닌가

산이 되어

산
그 자리에서
꿈쩍 않고 놀고 먹으며
하늘 해 달 별 구경과
세상 구경하는 것 같지만
때가 되면
철 따라 오른손이 하는 일
왼손이 모르게
조용히 조용히
옆에 있는 꽃도 나무도
아무도 모르게
놀라운 일들을 한다
나도 가슴 속에서 저 산처럼
조용히 조용히 변함없는
사랑을 키우며 살고 싶다

겨울 꿈이 있어 좋다

너는 지금 겨울이다
겨울은 춥다
겨울을 보내지 않은 꽃이 어디 있을까
인생도 춥다
고생 없는 인생 어디 있을까
꽃도 눈보라 비바람 맞고 꿈을 꾸고
인생도 눈물 땀을 흘리며 삶을 가꾼다
겨울은 홀로 춥게 하지 않고
봄도 홀로 꽃피게 하지 않는다
나에게 겨울이 있을 때
봄이 오는 것이니
봄날에
너도 꽃 한 송이
나도 꽃 한 송이가 피어나면
꽃밭이 되지 않겠는가

인생 금빛 꽃빛

누구나 길은 물이다
누구나 삶은 구름이다
누구나 길은 물처럼 흐르고
삶은 구름처럼 사라진다
그게 인생이다
누가 이 땅에서 변하지 않는 금처럼 살고
누가 이 땅에서 피고 지는 꽃처럼 살까
시간은 금이다
인생은 꽃이다
금같이 살려면
변하지 않는 마음 하나 있어야 하고
꽃같이 살려면
봄 같은 가슴 하나 있어야 한다
그런데 인생은 누구나
금과 꽃을 탐할 뿐
금빛도 꽃빛도 세상을 위해
비추며 산 사람이 없다

봄날의 꽃 꽃병의 꽃

봄날이 간다
봄꽃도 따라간다
세상에서 가장 잘 어울리는
한 쌍의 사랑이다
한 몸 한 마음으로 가는
사랑길에서 나는 구경꾼이다
나는 꽃 필 봄 같은 가슴이 없나 보다
꽃은 흙에서 피지
돈에서 필까
돈에서 피는 꽃은
꽃병의 꽃뿐이겠지
씨앗이 없는

꽃과 잡초

꽃을 보며
나쁜 생각하는 사람 없다
있다
누구
저 꽃을 돈으로 만들 생각을 하는 사람

꽃을 데리고 봄날이 간다

입춘 우수 경칩 춘분 청명 곡우
이 6절기가 봄이다
곡우가 지났으니
봄이 다 가고 있다
사람들이 그리도 꿈꾼
사랑과 행복의 상징 봄날이 간다
봄과 꽃과 함께 봄날 같은
인생을 완성하며 꽃길을 걸었을까
천지간의 꽃길의 문이 열렸는데
꽃구경만 했겠지
시인은 봄을 손잡고
꽃마다 사랑을 나누었는데

꽃 나이 내 나이

꽃 앞에서 약속을 했다
봄꽃만 사랑하겠다
봄날이 다 할 때까지
내 나이가 몇 살이나 될까
또 그 새 봄에
또 그 새 나이

100

순수

바위 등에
소나무 머리에
하얀 눈이 내렸다
손대지 않는 모양
서로 서로 다른 아름다움

나와 별

어둠이 오니
별들이 일어난다
별들은 어둠이 아침이나 보다
수많은 별 아래
내가 걷는다
내 보잘것 없을지라도
저 별도
나 없이는 존재하지 못하니
잘난 너도 마찬가지다

음악 그림 그리고 시와 인생

"백청이 불허일가" 하니
백 번 듣는 것보다 한 번 노래하는 것이 더 낫고
"백안이 불사일화" 하니
백 번 보는 것보다 한 번 그리는 게 낫다
"시중청안 시중미상"
음악을 듣고 부르며 느끼는 것과
그림을 보고 그리며 느끼는 것보다
시 한 줄에 자연의 소리와 자연의 얼굴이 있으니
시는 "물아일체 물여일심"으로
자연 만물과 한 몸 한 마음이니라
음악은 귀를 즐겁게 하고 그림은 눈을 즐겁게 하지만
시는 마음의 귀와 눈을 새롭게 한다
아무리 아름다운 음악과 그림일지라도
시 한 줄의 획만 못하다 했으니
시는 이 추운 겨울에 꽃씨가 꿈을 꾼 것과 같다 했거늘
꽃이 없는 봄을 어찌 말하겠는가
그곳에 날아오는 벌은 노래일 뿐
그곳에 날아오는 나비는 그림일 뿐
시는 선의 진리요 싱싱의 창조인
생명의 꽃과 봄이 아니겠는가
사람의 마음속에 "일체유심조"가 살고 있으니

대한大寒은 온 세상에 말한다

소한 대한 추위 속에
엄동설한의 찬바람을 온몸에 달고
겨울 참새와 나란히 앉아 있는 마당 빨랫줄에
겨울 빨래는 말라간다
서럽게 빗물처럼 울다가
슬프게 눈물처럼 웃다가
밤에는 얼었다가
낮에는 녹았다가
그래도 달빛의 꿈을 품고
햇빛의 희망을 안고
인생살이도 그러하니
너무 근심걱정 마라
겨울이 춥다 한들 나 홀로 춥지 않다고
겨울은 온 세상에 말하고 있지 않는가
홀로 추운 삶은 없다고

님은 갔어도

님이여 사랑이여 그리움이여
시의 양식 지리산을 먹고
연인의 사랑을 탄생시킨 생명 숨결
지리산 메아리로 울리게 하고
집 가는 시간 길 찾아
그렇게 가시나요
지리산 바람은 님의 숨결처럼 울고 있고
밤새워 꿈꾸던 흰 구름 한 조각
님 가는 길 따라
푸른 하늘길 날아가는 걸 보니
빈 배를 지키는 사공의 심사가 이럴까
몸 따로 마음 따로
섬진강 물결에 내 모습이 비쳐질 때
님의 눈빛인 양 햇살 한 모금
내 얼굴을 만져줍니다

꽃이 된 어머니

사랑의 불꽃

어둠을 뚫고 천둥소리
둥 둥 둥 두근두근 새로운 리듬이 울리는
북소리 님을 만난 밤
먹구름 터져 버린
하늘 별들이 쏟아지는 번갯불
얼굴이 붉게 꽃처럼 피어날 땐 이슬비로
가슴이 뜨겁게 달아오를 땐 소낙비로
얼굴과 가슴이 만날 땐
뜨거운 용암처럼 솟아올랐다
그 용암 분수처럼 산산이 부서진 물꽃이 되어
지리산 골짜기 품은 섬진강 물로
생명의 노래 연인의 사랑으로 흘러갔다
올배기 밤새워 뻐꾸기를 부르며
사랑의 꿈을 완성한
거울처럼 마주보는 어둠의 빛 눈동자 시간에서

지리산의 노래

지리산 형제봉이 마중 나온
최참판댁 뜰안 밖에
새도 날고 사람 듣고
마음까지 푸른 빛으로 물들어진
오월 가는 바람이 합창하는 무대
자연의 언어라 생각하며
시인의 귀로 듣고
시 한 수 메아리 실어 답장을 보낸다
사랑의 봄꽃이 피고 진 자리에서
계절의 여왕이라 부르는
오월의 얼굴을 그리며

보리밭 젊음

지리산이 품고 있는 땅
고향 보리밭
봄기운이 어머니 젖줄처럼 적셔준
푸른 몸 푸른 마음 찾아
파란 하늘도 들녘에 내려앉는다
자연 만물이 베푸는 대로
생동하는 오월의 젊음처럼
무엇이 근심이고 무엇이 걱정일까
지리산을 닮은 천지간에 보리밭 기운

108

지리산을 닮아 살려면

지리산을 가까이 품으려거든
구름의 가슴으로 오시라
지리산을 자세히 만지려거든
바람으로 손길로 오시라
지리산을 오래 보려거든
이슬의 눈동자로 오시라
지리산을 닮아 살려거든
지혜로운 사람이 산이 되고
자비로운 사람이 섬진강이 되는
지리산에 오시려거든
세상 얼굴 아홉 번의 예를 갖추는
구례의 마음으로 오시라

두 얼굴 두 여행

하늘색은 파랗다
땅색은 노랗다
하늘에는 구름이 느리게 느리게
세상 구경하며 흘러가고
땅에는 사람이 고개 들고
하늘 구경할 새도 없이
빠르게 빠르게 달려간다

인생은 여행이라면서
달려가는 게 세상 구경인가
두 얼굴 사이에 세월이 묻는다
사람아 사람아
느리게 가야
구름처럼 한눈에 세상이 보인다

하늘이 마음을 비울 때
별이 빛나고
내가 마음을 비울 때
꽃길이 보인다
그대 고개 들어 별을 볼까
고개 숙여 꽃을 볼까
별을 딸까 꽃을 꺾을까

부부

산에서 들에서
서로 다른 땅에서 핀 꽃
가정의 땅에다 옮겨 심는다
마치 꽃병처럼
그 꽃병에 물만 담고 흙도 담는다
여자는 흙 남자는 물
그런 꽃병에
뿌리를 내릴 수 있는 꽃씨를 심는다
부부는 가까이 보면 꽃보다 예쁘고
자세히 보면 보석보다 아름답고
오래 보면 별보다 빛난다
백년해로 팔십칠만육천
그 날짜만큼
몇 송이 꽃을 피우며 살까
흙이고 물이면

겨울 꿈이 있어 좋다

너는 지금 겨울이다
겨울은 춥다
겨울을 보내지 않는 꽃이 어디 있을까
인생도 춥다
고생 없는 인생 어디 있을까
꽃도 눈보라 비바람 맞고 꿈을 꾸고
인생도 눈물 땀을 흘리며 삶을 가꾼다
겨울은 홀로 춥게 하지 않고
봄도 홀로 꽃피게 하지 않는다
나에게 겨울이 있을 때
봄이 오는 것이니
봄날에
너도 꽃 한 송이
나도 꽃 한 송이가 피어나면
꽃밭이 되지 않겠는가

꽃이 된 나뭇잎

지리산 나무 이파리마다
햇살이 내려앉았다
밤새도록 품고 사랑했던
달도 별도
따라왔는가 보다
얼마나 사랑했으면
밤에도 낮에도
나뭇잎도 꽃이 된다는 걸
오늘 아침에 알았다
그대가 없는
창 너머 반짝 빛나는
시간의 꽃을 보며

계절의 여왕

오월
봄도 아니면서
여름도 아니면서
가장 예쁜 장미꽃 피고
가장 멀리 아카시아 향기를 풍긴다
옛날 어느 시인이
자연에 빠져 말했다
얼굴은 예쁜 장미
마음은 향기로운 아카시아
사랑의 완성
오월을 노래한 제목
계절의 여왕이라
사람중에 여왕은
거울 앞에 화장을 한 여인이 아닌
맑은 차향에
마음을 보며
시를 짓는 여인이라 했으니

사랑은 우주가 온 거야

그대가 내게 온 것은
우주의 그 많은 꽃 중에서 하나의 선물로 온 거야
겨울날 꽃씨는 봄을 사랑할 꿈을 꾸며
제일 예쁜 모습으로 살아간다
그대 사랑이 내게로 온 것은
우주에 하나밖에 없는 선물이다
봄을 만난 꽃처럼
내가 세상에 온 것처럼
그대는 세상에 둘도 없는
꽃보다 아름다운 사람이라니
어디 봄과 꽃에 비하겠는가

꽃이 된 어머니

꽃 피워 봐

눈물 없는 삶이 어디 있겠는가
겨울 꿈 없이
꽃 피워 낸 봄이 어디 있겠는가
얼음 눈 다 녹여서 이 땅에 적신 봄처럼
지금 그대는 봄길을 연 입춘을 지나
얼음 눈을 녹이는 우수를 만나고 있으니
경칩처럼 깨어나서
곧 있으면 춘분을 맞아 봄날의 첫사랑
시 꽃 한 송이 피워 낼 거야
그대가 꽃 필 봄은 따로 있었어
그대를 기다리는 봄이 올 차례야
꼭 꽃 피워 봐
봄빛의 손을 잡고

116

지상 천국에서

사람아 사람으로 나서
꽃을 만나 사진만 찍었지
꽃을 보면
시 한 수 지어봤는가
사람아 사람으로 살며
차 한 잔 술 한 잔에
세상 불평 수다만 떨었지
시 한 수 써봤는가
여자는 차 한 잔에 시 한 수요
남자는 술 한 잔에 시 한 수라 했으니
자연의 맛 시향을 느끼며
미리 가 본 하늘 천국
지상 천국에서 영생하며 살아 가세나

꽃보다 당신

여보 힘을 내요
꽃은 혹독한 겨울을 이기고 꽃으로 피어서
세상에서 가장 사랑 받는
봄날의 얼굴로 살잖아요

당신은 언제나 새롭게 필 꽃보다
아름다운 사람중에 여자이니
꽃이 당신의 생애를 배울 날이 올 거예요

내 옆에 핀 꽃
풀밭에서 꽃 한 송이 피어 있는
사랑을 알고 핀 꽃이니

사랑의 꽃 한 송이

얼굴을 씻으니 마음까지 깨끗해진다
방을 청소하니 마당까지 깨끗해진다
마당에 꽃을 심으니
온 동네가 꽃밭이 된 기분이다
꽃 우리 집에 심은
한 송이 꽃
너도 나도 심으면
온 세상이 꽃밭이 된다는 건 다 알고 있다
그런데 사랑이 없다

꽃이 된 어머니

사람의 꿈

나는 밤이고 낮이고 꿈을 꾼다
이 꿈 깨어나지 않는다
당신이 있는 한
사랑이 있는 한
길을 간다 목적지를 간다

달팽이와 거북이가 길에 엎드려 있다
길을 걷는 게 아니라
목적지를 가는 것이다
목적지가 있는 한 끝까지 간다

당신 생각이면

햇살이 따뜻할 땐 꽃을 보고
비가 축축이 내릴 때도 꽃을 보고
그립고 보고 싶을 땐
그대 얼굴을 그리고
혹시 외롭고 쓸쓸할 땐
그대 목소리 노래가 되고
그리고도 부족한 날엔
그대 생각을 마음에 담고
문을 꾹 잠궈 버린다
내 마음의 방이 얼마나 큰지
이제야 알았다

꽃이 된 어머니

사람의 꽃아

어린이 날이다
꽃으로 필까 새싹으로 돋아날까
꽃은 네 얼굴이고 새싹은 네 마음이다
아이야 둘 다 가지고
세세만년 세상의 꿈을
봄을 만난 꽃과 새싹처럼
또 그 새 봄날을 만나라

5월 5일 푸른 하늘
푸른 땅 푸른 꽃
아이야 땅의 꽃아
사람의 꽃아
자연은 꽃의 놀이터
오월은 아이가 뛰어노는 놀이터
내가 만약 아이로 돌아간다면 무엇이 될까

무슨 생각을 할까
어른이 되어서도
늙어가는 인생을 슬퍼 않는
아이의 꽃씨를 심어 놓고 살고 싶은 꿈뿐이란다
아이야

꽃의 존재처럼

꽃은 누구에게나 차별 없이 웃어주지만
꽃은 누구에게도 고개 숙이지 않는다
아무리 부귀영화를 누린 사람일지라도
꽃을 마음대로 부릴 수 없으니
꽃을 직접 찾아가서 봐야 한다

꽃의 존재는 사람을 부르는
사람이 제일 좋아하는 아름다움을 지니고 있다
그 아름다움을 창조하는 어느 시인이 말했다

그 꽃 한 송이는
사람의 기쁨을 만 배로 피워 내고
영혼까지 풍기는
꿈속보다 황홀한 긴 시간이라고 했다

그 꽃의 신비한 매력의 꽃씨
사람은 그 꽃씨 잘 심어놓고
새봄 새봄을 맞는 계절의 얼굴
꽃의 이름으로 살아가길

푸른 잔치

땅의 세월
사람의 세월
하나 된 입하
하늘도 땅도 사람도 바람도 물도 푸른 빛으로
오월을 서로서로 선물한다

울타리 너머 늦은 봄꽃이 피어있다가 엿보고 가는
장독대 옆에 곱게 자리 잡은 봉숭아꽃
마루에 앉아 손톱에 물들일 날을 꿈꾼다

봄이 오는 소리는 들렸지만
봄이 가는 소리는
오월 소리에 귀가 먹어 버렸다
입하가 여름을 부르면 장미꽃이 피어나니

짙어지는 초록 잔치에 봄꽃 사랑을 모두 잊어버린
푸른 빛 아래 연분홍 진달래 마주보고
보리피리 꺾어 불던
푸른 오월 닮은 아이를 불러본다
그 옛날이 된 그리움으로

민들레 땅

민들레는 어느 땅이든 탓하지 않고
적응하며 잘 살아
바람이 아무리 멀고 험한 환경에 내려놔도
바람을 원망 안 해
민들레 홀씨는 희망으로 뿌리를 내릴 수 있는
꿈과 용기가 있거든
민들레는 시간타령 환경타령 절대 안 해
희망의 시간을 만들며
사방의 구경을 하면서 눈을 높이는
민들레를 닮아 살아 봐
네 가슴이 곧 민들레 땅이 될 거야
핑계 많은 화무십일홍 꽃처럼 살지 마

저 풀꽃을 봐

아무리 작은 풀꽃이라도
당당하게
제자리에 피었잖아
거센 비바람이 흔들어대도
얼굴색 하나 변하지 않고
비바람을 비웃기라도 하듯
푸른색 하나의 힘으로 발휘하며 살잖아
기죽지 말고 살아
풀꽃처럼

인생 봄날

사람들은
인생의 봄날이 갔다고
절망하지만
나는 네게 봄산 같은 사람
너는 내게 봄꽃 같은 사람
봄이 가면 봄꽃은 지지만
봄 같은
그대가 있는 한
나는 언제나 지지 않는
꽃이야

세월보다 긴 아름다운 이름

어머니 가슴에 꽃씨를 심으면 꽃으로 필까
어머니 가신 뒤에 꽃 진 걸 알았습니다
아버지 가슴에 소나무를 심으면 산이 될까
아버지 가신 뒤에 민둥산인 줄 알았습니다
꽃밭을 이룰 꽃도
산을 이룰 소나무도
효도이거늘
이제는 뿌리고 거둘 것도 없는
내 마음을 아는 듯
무정한 세월만 부모님에게 가고 있습니다

128

여름은 명작

세월의 그림을 그리던 하늘이
봄날에 취해 있다
여름 온 줄도 모르고
깜짝 놀라
일어선 자리
파란 물감을 엎질러 버렸다
파란 물감은 온 산천으로
짙게 번져 초록의 산천을 이루었고
하늘은 태양을 내려보내
닦아보지만 오히려 땀만 펄펄 나게 했다
여름이 초록이며 뜨거운 이유다
그림을 그리다 보면
실수가 뜨거운 명작이 된다

여름 숲

축축이 젖은
여름 숲은
어머니 젖줄이다
날마다 울창한 봉우리에
예쁜 새 한 마리 앉아 논다
엄마가 불러주는 산천 바람 그네를 타며
내 삶의 아리랑 고개를 만난다

130

여름 식사

상추에
초승달을 싸서 점심을 잘 먹었다
호박잎에 보름달을 싸서 저녁밥 잘 먹었다
잠들면 뭘 싸서 먹을까
별이면 좋겠다
저녁밥 먹을 때 내려보던
그 별

꽃을 보며

꽃들을 보라
햇빛 나면 같이 웃고
비가 오면 같이 젖고
바람 불면 같이 흔들리고
한 때 피었다 진 꽃들도
희로애락을 같이 나누는데
꽃보다 아름답다는 사람이
비를 피해 바람을 피해
혼자만 햇빛 받으며
웃고 살며 천국 가기를 원한다
나는 천국에 안 오르고
꽃처럼 살련다

132

어머니 겨울

봄이 행복인가
꽃이 사랑인가
인생에 겨울이 없다면
어찌 사랑을 알겠는가
봄날에 꽃을 피우기 위해
엄동설한 인고를 견딘
어머니 사랑과 같은 것이니
겨울이 문 열면 봄길이 보인다

벌레에 할퀸 꽃잎

꽃신부 수업의 꿈을 겨우내 꾼 꽃씨였다
설레는 바람 한 점
입에 물고
봄빛 거울에 비친 숫처녀 꽃잎
꽃샘바람 속에 달려든 벌레 한 마리 꽃술을 할퀸다

세상의 꽃으로 피기 위해 부모 없이 홀로 자란
불쌍한 꽃봉오리
그날 벌레를 떨치려고 몸부림쳤지만
벌레는 밤새 흘린 이슬 같은 꽃잎의 눈물까지
주워 먹으며 살 집을 짓는다

차디찬 얼음밭에 내린 서릿발로
겨울 길을 걷는 몸이었다
눈보라를 품은 겨울 동백의 행복이 부러워
새 봄날 새 꽃처럼 피어나고 싶은 꽃님은
점점 빛이 없는 어둠 속으로 들어가고 있었다

세월은 꽃님을 잊지 않았던가
다시 봄날에 꽃으로 선택 받아
세상 사람의 사랑으로 피어나는

'공인 공화' 같은 꽃으로 피어났지만
사람에게 봄을 풍겨줘야 할 꽃향기가
꽃님의 주인이 된 벌레가 좋아하는
밥상머리 이빨에 물려 방바닥은 벙어리다

인생에 아름다운 행복의 선물이 무엇이고
자연에 인생에 준 생명의 신비한 아름다움은 무엇인가
시 한 수에 삶을 묻는 것은
세월이 가꾸는 자연의 생명과 같은 것이니
인생길에 타고 난 벌레와 어둠은 짐승의 가슴이니
돈을 꽃술처럼 먹고 살 수는 없지 않는가

꽃과 빛은 사람의 마음이고
인간은 상상의 사랑을 먹고 살 수 있으니
'인이면 인이냐 애이냐 인이다'
인간의 탈을 쓰고
'차비인 소위' 라 하지 않았던가

사람이 사람에게
벌레가 꽃술을 할퀴듯 꿈을 이룰 수는 없다
그 꽃잎 이 봄날에도 벌레의 입에 살고 있으니

꽃이 된 어머니

풀과 꽃의 생애

인생의 불행은 말라진 풀과 같을지라도
끝까지 두고 봐야 알고
인생의 행복은 피어난 꽃과 같아 보여도
그도 끝까지 두고 봐야 안다

그날이 오면 영화로운 자는
한 세월의 행복이
세월 먼저 비바람에 떨어진 꽃잎과 같을 것이요
가난한 자는 비바람이 불어와도 세월과 함께
말라진 풀의 뿌리와 같을 것이니
그날에도 해는 뜨고 달이 뜨지만
누구를 위해 뜨겠는가

봄꽃처럼

봄꽃이 왜
사랑을 많이 받는 줄 알아
사람들이 예뻐하는 꽃이지만
욕심도 부리지 않고
피고 지는 때가 되면
그 자리를 물려주고
봄 따라 가는 거야
내년을 약속하며
봄꽃처럼 인기가 있는 사람 같으면
그 자리 봄꽃처럼 물러나겠어
여름 장미꽃도 가을 국화꽃도 겨울 동백도
아름답게 피어날 수 있는 거야
봄꽃처럼 살아가자고

봄비 손길

봄비는 좋겠다
꽃들이 다칠까 봐
보슬보슬 새싹이 아플까 봐
살금살금 갓난아기 보살피듯
첫 생명은 봄비의 손길

봄비는 좋겠다
관객들이 꽃이어서
꽃들이 비에 젖어도
웃고 있는 걸 보면 봄비는
생명을 부르는 노래임이 틀림없다

138

내 눈사람

어린 시절 그려놓고 온
내 하얀 마음을 찾아
한평생
겨울마다 눈사람을 만든 나
이제는 손이 시럽지만
나를 기다린 눈사람보다
덜 시리겠지
삶에 검게 물든
내 마음을 다시 하얗게 그려 넣는다
눈사람은 옛날 고향 눈사람인데
옛날 눈사람에 두고 온
내 마음 녹지 않았지만
얼굴은 눈사람과 다르구나
눈사람아 내년 겨울에
또 만나
옛날에 살자꾸나
세월이 가도
세상이 변해도

꽃이 된 어머니

술과 사람

찬바람도 들리지 않는 골목 모퉁이
고양이가 기웃거리다
못 본 채 돌아선다
음식 쓰레기를 버려놓은 꽁꽁 언 쓰레기통 가슴팍에
칼처럼 박힌 소주병이 비참하게 쓰러져 있다
어젯밤 술이 가득 담긴 소주병은
아직 술이 안 깼는지
햇살 한 줄기에
눈곱 떨어지듯 얼음 녹는 소리만 들릴 뿐
코도 골지 않고 세상 모르고 잠들어 있다
어젯밤 같이 좋다고 술병 만지며
입에다 들어부으며
기분 내던 저 소주병
그 술병에 오줌을 싸고 있다
그 오줌 한 뼘도 못가
쓰레기에 파묻혀 얼어버린다
눈이 내린다
하얀 눈이 내린다
쓰레기통에도 내린다
소주병에 소복이 쌓인다

인생 거울

두 개의 세상에서
하루 24시간을 산다
낮에는 삶의 현실
밤에는 삶의 꿈
현실은 꿈을 꾸고
꿈은 현실을 만들고
너는 낮
나는 밤
12시간 12시간
너나 나나 똑같다
거울 속에 내 얼굴
거울 속에 네 얼굴
똑같이 비친다
햇빛이 세상에 내리고
별빛도 세상에 내리고
만물을 신비롭게 성장시킨다
그 속에 나도 너도 있다

진리

내 앞을 달리는 수많은 자동차
어둠 속 빨간불 노란불
100미터 정도 앞을 비치며
아무리 빨리 달려도
어둠은 그 틈새를 계속 메꾸어 준다
고개 들어 하늘을 보니
쏟아질 듯
반짝반짝 빛나는 별
고개 숙여
앞을 보니
내 눈빛이 더 빛나고 있다

142

흰 눈의 길

사람들 눈에는
아무리 소복이 쌓인 흰 눈이라도
햇빛에 녹아버리면 그만이라 여긴다
흰 눈은 생명이다
사람들은 그 하얀 생명에
삶의 먼지 때를 묻힌다

흰 눈 내려
눈꽃이 되고 얼음이 되고
물이 되어 흘러가는데
눈이 녹지 않았을 때는
삶을 견디는 몸으로
녹지 않았을 때는
맑은 내 영혼으로 꿈꾸며
생명의 노래를 부른다

사랑의 청소기

하얀 눈
옷 입는 것도 잊고
내려온다
하얀색이 옷이고 살결이고 마음인가
세상이 좋아서일까

일 년 내내 더럽혀진 세상의 흔적을
덮어주려고 꼭 겨울에 눈이 내린다
봄도 좋고 여름도 좋고 가을도 좋지만
겨울이 없으면
이 세상 온통
낮이 없는 검은 밤일 거야
하얀 눈은
욕심을 씻어주는 사랑의 청소기인가

새장 인생

내 마음
새장 속의 새처럼 가둬둔 채
세상을 위해
내 삶의 날개를 달려고 한다
새장에 빗장을 열어라
그러면 마음의 그릇이
흙처럼 될 것이고
삶의 씨앗이 계절 따라
오곡백과처럼 자라날 것이다
그 씨앗 새장에서 뿌리면
물에 빠져 숨도 못 쉬고
바위에 떨어져 상처투성이 될 것이니
짐승은 짐승답게 살아야 짐승다운 것이고
사람이 사람답게 살아야 사람다운 것이니
짐승을 의인화해서 살지 마라

새해 첫 손님

새해 첫 손님
욕심으로 만나지 말고
사랑으로 만나라
날마다 꽃을 보듯
사람을 만나라
꽃에 욕하고 미워한 사람 없지 않는가

146

인생 정거장

돈을 잃어버리면
금방 알아챈다
모든 걸 다 잃은 것처럼 순간 어쩔 줄을 모른다
마음을 잃고 사는 것
아무 감각을 모르고 산다
다 늙어서 마음을 만질 때는
이미 욕심이 마음을 점령해서 손 만질 구석이 없다
그렇게 걸음도 제대로 걷지 못한
무거운 몸으로
젊음을 찾으려 하지만
뒤로 가는 길보다 앞으로 가는 길이
더 빠른 마지막 인생역을 향해 간다
나는 마음은 잃었지만 잃어버린 돈은 없었으니
돈이 많아야 떠날 수 있는
세상 정거장 하나 만들어서
내 마음을 푹 쉬게 하련다
바쁘다 뜨겁다 불이다

삶의 현장

불이다 불
아침부터 골목에 도로에
지하철에 뜨거운 불이다 불
사람들 모두모두 열심히 산다 열심히
앞만 보고 달리다시피 차를 타고 출근한다
앞 사람 옆 사람 본 체 만 체
그냥 짐승 보듯 물건 보듯
서로서로가 그런 표정이다
삶의 자리에 앉아서도 내 앞만 바라보고 일을 한다
그러다 아침에 왔던 길
저녁엔 또 그 길로 집을 향해 달려간다
그리고 잠자는 게 하루 끝이다
그런 나날이 평생이다
그렇게 산 게 열심히 살았단다 열심히
세상에 인간으로 나서 열심히 살려고 왔나
인간은 자연의 한 뿌리인데
자연에 저 꽃도 풀도 나무도 그렇게 살까
내 마음에 하늘 하나
만들어서 구름 같은 걸음걸이
내 마음에 바다 하나 만들어서
섬 같은 풍경 하나 그려 놓고 살면 어떨까

인생살이

사람은 삶을 살면서
소망 욕망 가지고 산다
겉과 속이 다를 뿐
소망이나 욕망이나 똑같은 꿈이다
사람은 모든 것을
나 위주로 내 것으로 만들며 살아가려고 한다
시간도 나이도 빛처럼 지나가는 세월은
소망으로도 욕망으로도 잡을 수도 막을 수도
금은보화 재물처럼 모아 놓을 수도 없다
세월은 나하고 다른 데 있는 것이 아니라
바로 내 자신 속에 산다
내가 있는 시공간에서
나를 지키고 있다고 할까
끌고 가고 있다고 할까
세월의 고삐에 매인 소처럼
소망 욕망 많은 사람이 도망칠까 봐 그럴까
단 한 번도 세월의 손을 놔준 적이 없다
소는 주인의 손을 벗어나 살 때도 많은데
소보다 더 많은 일을 바쁘게 하고 사는
인생살이가 불쌍하다

149

인생의 꿈은 한 가지다

돈이다
모든 일이 돈만이 인생 삶의 길이다
사람으로 나서 돈 버는 것 빼고
꿈을 가질 수가 없다
사람은 일하여 돈 벌어 살아야 하니
일 안 하고 먹고 사는 짐승만 못한 것 같아
겨울 얼음 위에 내리는 밤이슬처럼 슬프다
그렇다고 짐승처럼 정글의 법칙을 벗어나
자연의 섭리대로 꽃보다 아름다운 인간으로
꽃이 부러워하는 사랑을 꽃향기처럼
풍기며 살아가는 것도 아니다
짐승도 먹이 앞에 물어뜯고 싸우다
끝내 짐승을 죽이고
사람도 돈 앞에 짐승과 똑같이 산다
저 산천에 나무도 꽃도 햇빛 먹고 비를 먹고
저렇게 아름답고 예쁘게 물들며 산다
똑같은 햇빛 비를 맞고 사는
자연의 한 잎인 사람으로 나서 부끄럽고 부럽다

노년의 인생

젊음은 가만히 있어도
꽃처럼 예쁘고 단풍처럼 곱다
노년은 삶의 여백을 마음에 담아
세상의 추억을 노을처럼 그릴 수 있어서 아름답다
젊음은 입고 먹는 것을 돈으로 가려 입고 먹지만
노년은 있는 대로 먹고 있는 대로 입어도
마음에 거리낌이 없어서 좋다
세상 순리에 따라 산 넘어 흘러가는
흰 구름처럼 산을 내려 바다로 흘러가는 물처럼
그 마음 하나면 하루하루 주어진 오늘에 감사할 수 있어서 좋다
자연에 나서 자연으로 돌아가는 인생
아름다운 시처럼 자연처럼 노년을 사는 사람은
꽃보다 아름다움을 증명한 사람의 꽃이라 했으니

바람은 색깔이 없다

태초에 빛이 없는 어둠 속에서도 바람은 있었으니
그 바람의 손을 잡고 세상 만물은
모두 생명의 색깔을 그리며 산다
물은 마음을 씻어준 맑은 색깔
꽃은 얼굴을 그려준 빨주노초파남보 색깔
나무는 생각을 깨우는 파란 색깔
사람은 행복을 꿈꾸는 무지개 색깔을 그리며 산다
색깔을 드러내는 자연 사물은
각자 주어진 자리에서 자신을 위해 살지만
색깔이 없는 바람은 햇빛이 들지 않는 깊은 굴속까지
세상 어딘들 찾아 들어간다
차별 없이 마음 쓰는 바람이 없으면
산도 들도 바다도 꽃도 나무도 풀도
무엇으로 생명의 노래를 부르며
꿈과 희망의 춤을 출 것인가
눈에 보이지 않고 다른 사물을 통해 느낄 수 있는
생명의 숨결 같은 바람
문재인 '사람이 먼저다'
한세상 부지런한 바람의 발로
햇빛보다 먼저 가 있는
사람 땅에 부는 사람의 숨결이다

만세로 찾은 나라

입 달린 사람 이 소리도 만세 저 소리도 만세 그 소리도 만세
만세 만만세 마을마다 길가마다 발이 되고 손이 된
부지런한 바람이 전하고 산을 넘어 재를 넘어 한눈에
구름이 전하고 들판을 달려 마음 같은 강물도 춤을 추며 전했다
돌담 틈새에 숨죽인 내 심장 터질듯 만세 만세 만세로 찾은 나라
사람의 숨소리 조국의 맥박 소리 독립선언문을 두드린다
대한의 이름으로 태극기를 품고
삼천리 반도 용암처럼 끓어 오른 뜨거운 3월의 가슴에서
겨울을 뚫고 봄을 만난 그 꽃씨처럼
독립의 꽃을 색깔마다 종류마다 사람의 꽃을 피운다
이 땅의 사계절 메아리처럼 울어대던 생명의 몸부림
역사의 숨결마다 꿈과 희망의 노래가 되어
조국의 거울 앞에 아름답게 바라보는
민족의 얼굴로 비쳐진 2024년 대한민국의 봄이다
민족의 꽃으로 피었으니 그 소녀 유관순 열사
꽃 피어나는 춘삼월 엄동의 눈보라를 날리고
길 잃은 발걸음 꽁꽁 언 얼음을 녹였던
그의 가슴에서 용솟음치는 뜨거운 불꽃이 된
그 소녀 세월보다 긴 이름이여
산천을 날아가는 바람의 손잡고 광풍처럼 목메어 불러댄 만세 소리
하늘 길 가던 구름도 울어버린 그날

유관순 열사

하늘 손을 잡고 이 땅에 발을 딛고 어디로 가나
그 뜨거운 심장 아직도 활화산처럼 타올랐던
이 땅에 단 하나 남은 불꽃씨를
돈을 벌기 위해 영화를 만들지 말고
유관순을 위한 영화를 만들기를
이 땅에 사는 사람들이여
유관순의 심장을 숨결처럼
유관순이 가슴에 살아있는
조국은 꽃피는 봄날에 살고
유관순이 가슴에 죽어버린 조국은
세월 앞에 비바람에 떨어진 꽃잎이어라
사람아 사람아 그대가 먼저
유관순 꽃씨 하나 심어 놓으면
사람아 사람아 그대가 먼저 봄날의 꽃같은
조국의 얼굴이 아니겠는가

세상의 시간은 지나간다

인생 희로애락의 모든 것은 다 지나간다
괴롭고 슬프고 외롭고 고독하고 쓸쓸하고
즐겁고 기쁘고 보람 있고 행복하고
사랑하고 이별하는
내 옷깃을 스치는 바람처럼
아주아주 빠르게
내 인생 한 번 비쳐주고 흘러가는 물처럼
인생을 본 체 만 체 사라지는 구름처럼
짧은 시간에 인생 나이도 너도 하루 나도 하루
돈으로 권력으로 하루를 살 수 없다

그 하루 해 몇 번 뜨고 지고 달 몇 번 뜨고 지면
한 달 일 년이다
그 일 년 몇 번 가면
오늘 살게 한 세월이 고마울 뿐이다
그 고마움 은혜하는 것은
자연처럼 순리대로 아름답게 살아가는 것이다
마지막 시간에 세상구경 잘 했다고 말할 수 있을까
돈 구경 빼면

너 자신을 알라

사람들은 자신을 잘 모른다
안다는 건 아직도 꿈을 꾼다는 것이다
로또복권의 꿈처럼
밤중의 꿈처럼
그렇게 꾸고 나면 또 하루 해가 뜨고 달이 진다

세상에 사람으로 살며
밥 먹고 사는 일만 하다 죽을 것인가
그 밥 그릇 속에 벼슬 돈만 담고
겨울 추운 어둠 속에서
우주만물을 살게 하는 생명이 꿈꾼다

꽃도 꽃으로 피어날 욕심이 있으니
꽃으로 피어났을까
가까이 봐도 자세히 봐도
욕심을 담을 마음이 안 보인다
그 꽃이 되고 싶다

인생 꿈의 미완성

세상길 고해라고 한다
고통의 산 고통의 바다
인생은 누구나
봄산을 꿈꾼다
봄꽃을 꿈꾼다

이 고해의 세상
봄산을 만나서 봄꽃을 피우려면
얼마나 많은 겨울의 삶을 넘어야
봄이 되고 꽃이 될까

자연 산천은 한겨울만 지나면
또 새 봄 꿈을 이루고
또 새 꽃을 피우는데
풀 수 없는 인생 꿈의 미완성

꽃이 된 어머니

우주의 소식이다

세상살이 근심 걱정
쉴 새 없는 바람에 끌려 살아가는 인생
삶이 가는 길에 숙제다
그 숙제는 죽어서야 끝나는데
먼저 빨리 많이 풀었다고 성공한 사람일까

어떤 행복한 의미가 있을까
세상에 지고 나온 나의 숙제 짐
산 너머 덮은 안개구름 속의 산처럼 보이지 않는다

누구나 사람은 나만의 숙제의 짐을 지고 있다
그것이 바로 그 인생이다
내 짐은 쓰레기고
저 짐은 보물짐일 수는 없다

생명이 살고 있는 한
보이지 않는 인생 숙제 찾기 위한
날마다 새로운 상상력 창의력 의지력을 키워야 한다
우주도 날마다 길을 찾아 변하지 않는가
우주의 소식이다

님의 꽃이 핍니다

꼭 한 번은 만나야 할 사람
겨울이 길다고 봄이 안 올 걸로 생각하나요

봄이 꽃을 기다리는 한
겨울의 눈얼음은 눈물 되어
봄 가슴을 적실 겁니다

그때야 님의 꽃이 핍니다
이 봄을 만나지 못하면
님은 꿈만 꾸다 얼어 죽을 꽃씨가 되어
새봄 맞을 새 시작이 없는
마지막 인생 겨울이 될 것입니다

꽃이 된 어머니

동냥밥 사랑

어느 시인의 동냥밥 사랑이란 시 속에
앞을 못 보는 어머니 손발이 되어
엄동설한 동냥길에 강물 위를 걷는다
두 모자도 두근두근 강물도 두근두근
얼음이 깨져 떠내려가던 생명이 슬픈 날
장님 어머니와 일곱 살 난 어린아이가 강물 속으로 떠나려고 간다

"어멀 내가 헤엄쳐 가니까
어멀 어멀 그 얼음을 내 손처럼 잡아요"
석양 노을도 서산을 넘어가지 못하고
강물에 빠져 붉은 눈으로 비춰 준다
하늘도 땅도 강물에 젖고 눈물에 젖은 동냥밥
겨울잠 자던 피라미 떼들이 잡아주고 있었다

물아 물아 강물아 너도 몸이 추운가 보구나
얼음판 가슴 품고 있는 걸 보면
물아 물아 강물아 네 마음
이 엄동설한 온몸으로 물을 품은
눈먼 우리 모자가 아니면
누가 이 겨울 강물에 빠져 너를 품겠느냐

물아 물아 강물아 겨울보다 더 추운 인생
얼음물 같은 어린 몸으로 견뎌냈는데
세상길 산이 높다고 한들 어느 고개를 못 넘을까
내 눈물로 얼룩진 동냥밥 얼음물은
구름처럼 피어올라 바람처럼 지나가는
세월의 해와 달 같은 거울이 되었단다

그 시인은 불쌍한 부모님
어린 동생들과 함께 먹어야 할 동냥밥을
따라오던 개에게 건네주고 빈손으로 집으로 들어간
마음이 풀잎처럼 여리고 꽃잎처럼 예쁜 아이였다

개에게 동냥밥을 주고 왔다는 아이의 말을 들은 어머니는
"말 못 할 개가 얼마나 얼마나 배가 고팠으면 동냥밥을 넘봤겠느냐
잘했다 잘했어
오늘 밤은 물을 끓여서 배를 채우고
꿈속에서 쌀밥에 고깃국을 먹자구나
낮에도 한세상 잠자는 밤도 한세상이니

낮에 꽃을 만나는 것은 아름다운 사랑이라
밤에 별이 만나는 것은 꿈을 이룬 행복이라"

161

그 얼음 강물 지금은 봄비로 피어올라
시인이 된 그 아이의 인생 봄꽃을 피우고 있지만
그 날 얼음꽃처럼 꽁꽁 언 몸으로
집으로 돌아오던 길가에
동백꽃 한 송이 얼마나 울었는지
붉은 얼굴로 피어 있었는데
어머니는 하늘에서 그날의 동백꽃을 바라보고 있을까

어머니 그날 죽음의 강물 위에
동냥의 슬픈 사연 알고
눈 대신 어머니 든든한 다리처럼 잘 놓여 있어요
지금도 다리 밑을 흐르는 강물 소리가
그날의 얼음 강물에 떠내려가며
촌각을 다투는 어머니 생사의 속에서도
'아가아가 아가아가' 애타게 모성애로 부르던
어머니 걱정 어린 목소리처럼 들린답니다
어머니 이제 얼음물에 빠질 걱정 없이
자동차로 잘 지나다니고 있으니
한시라도 아들 걱정하지 말고
그 다리에서 어머니를 부르면 대답이나 해 주세요

별도 꽃도 내 얼굴도 바람을 느끼듯
마음으로 볼 수 있다는 어머니의 눈
하늘에 밝은 큰 달처럼 얼굴에 눈이 되었으면
시인은 어머니가 보지 못한 세상길 아름다움을
밤마다 꿈속에서 간절한 효도의 소원을 올립니다

꽃이 된 어머니

꽃이 된 어머니

지은이 / 임영모
발행인 / 김영란
디자인 / 지선숙
발행처 / 한누리미디어

08303, 서울시 구로구 구로중앙로18길 40, 2층(구로동)
전화 / (02)379-4514, 379-4519
Fax / (02)379-4516
E-mail/hannury2003@daum.net

신고번호 / 제 25100-2016-000025호
신고연월일 / 2016. 4. 11
등록일 / 1993. 11. 4

초판발행일 / 2024년 4월 1일

ⓒ 2024 임영모 Printed in KOREA

값 **15,000원**

ISBN 978-89-7969-889-3 03810